महिला की आज़ादी
LET'S CHANGE THE RULE

स्मृति तिवारी

Copyright © Smriti Tiwari
All Rights Reserved.

ISBN 979-888606935-8

This book has been published with all efforts taken to make the material error-free after the consent of the author. However, the author and the publisher do not assume and hereby disclaim any liability to any party for any loss, damage, or disruption caused by errors or omissions, whether such errors or omissions result from negligence, accident, or any other cause.

While every effort has been made to avoid any mistake or omission, this publication is being sold on the condition and understanding that neither the author nor the publishers or printers would be liable in any manner to any person by reason of any mistake or omission in this publication or for any action taken or omitted to be taken or advice rendered or accepted on the basis of this work. For any defect in printing or binding the publishers will be liable only to replace the defective copy by another copy of this work then available.

भारतीय स्वतंत्रता संग्राम का इतिहास महिला स्वतंत्रता सेनानियों और क्रांतिकारियों के जिक्र के बिना अधूरा है। वे महिलाएं, जिन्होंने घर-परिवार और समाज की परवाह किए बिना अपनी जिंदगी देश और देशवासियों के लिए समर्पित कर दिया। जिन्होंने घर की चाहर-दीवारी से निकलकर न सिर्फ अपने हक़ की लड़ाई लड़ी, बल्कि अंग्रेजों की हुकूमत का भी जमकर विरोध किया। ऐसी महिला स्वतंत्रता सेनानियों की भागीदारी ने कई ऐतिहासिक आंदोलनों को सफल बनाया।

आज देश को आजाद हुए 75 साल हो गए हैं। लेकिन फिर भी ऐसी कई महिला स्वतंत्रता सेनानी हैं, जिनके बारे में हम ज्यादा कुछ नहीं जानते हैं। इनमें कई नाम शामिल हैं जैसे मणिबेन पटेल, बसंतलता हजारिका, कमलादेवी चटोपाध्याय, डॉ. ऊषा मेहता, चन्द्रप्रभा सैकियानी, राजकुमारी, उमाबाई कुंडापुर कल्पना दत्त, अन्नपूर्णा महाराणा, वनलता दास गुप्ता आदि।

विडंबना की बात यह है कि बहुत से लोगों ने, इनमें से कई नाम भी नहीं सुने होंगे। कई स्वतंत्रता सेनानियों की तो तस्वीरें तक उपलब्ध नहीं हैं। इसलिए आज इस लेख में, हम आपको ऐसी पांच महिला स्वतंत्रता सेनानियों के बारे में बता रहे हैं, जिन्होंने न सिर्फ देश की आजादी, बल्कि स्त्रियों के अधिकारों की भी लड़ाई लड़ी थी। आधुनिक समय की सभी बेटियां, महिलाएं इन स्वतंत्रता सेनानियो की ऋणी हैं, जिन्होंने खुद चुनौतियों का सामना करके हमारे लिए एक उज्ज्वल भविष्य का निर्माण किया।

क्रम-सूची

प्रस्तावना vii

भूमिका ix

प्रेरणा

भारत में महिलाओं के कानूनी अधिकार

महिलाओं के 10 कानूनी अधिकार जो बनाते हैं उन्हें और मजबूत

महिला सशक्तिकरण

महिला सशक्तिकरण भाग 2

गर्ल चाइल्ड डे (24 जनवरी): गर्ल्स के लिए भारत सरकार की प्रमुख योजनायें

भारतीय संस्कृति का प्रतीक महिला सम्मान

महिलाओं को मजबूत करने के लिए यह योजनाएं चला रही सरकार 29

स्त्री के आजाद होने और दिखने का फर्क 35

• v •

प्रस्तावना

आज के आधुनिक समय में महिला सशक्तिकरण एक विशेष चर्चा का विषय है। हमारे आदि – ग्रंथों में नारी के महत्त्व को मानते हुए यहाँ तक बताया गया है कि "यत्र नार्यस्तु पूज्यन्ते रमन्ते तत्र देवता:" अर्थात जहाँ नारी की पूजा होती है, वहाँ देवता निवास करते है।

लेकिन विडम्बना तो देखिए नारी में इतनी शक्ति होने के बावजूद भी उसके सशक्तिकरण की अत्यंत आवश्यकता महसूस हो रही है। महिलाओं के आर्थिक सशक्तिकरण का अर्थ उनके आर्थिक फैसलों, आय, संपत्ति और दूसरे वस्तुओं की उपलब्धता से है, इन सुविधाओं को पाकर ही वह अपने सामाजिक स्तर को ऊँचा कर सकती हैं।

राष्ट्र के विकास में महिलाओं का महत्त्व और अधिकार के बारे में समाज में जागरुकता लाने के लिये मातृ दिवस, अंतरराष्ट्रीय महिला दिवस आदि जैसे कई सारे कार्यक्रम सरकार द्वारा चलाए जा रहे हैं। महिलाओं को कई क्षेत्र में विकास की जरुरत है।

भारत में, महिलाओं को सशक्त बनाने के लिए सबसे पहले समाज में उनके अधिकारों और मूल्यों को मारने वाली उन सभी राक्षसी सोच को मारना जरुरी है, जैसे – दहेज प्रथा, अशिक्षा, यौन हिंसा, असमानता, भ्रूण हत्या, महिलाओं के प्रति घरेलू हिंसा, वैश्यावृति, मानव तस्करी और ऐसे ही दूसरे विषय।

अपने देश में उच्च स्तर की लैंगिक असमानता है। जहाँ महिलाएँ अपने परिवार के साथ ही बाहरी समाज के भी बुरे बर्ताव से पीड़ित है। भारत में अनपढ़ो की संख्या में महिलाएँ सबसे अव्वल है।

नारी सशक्तिकरण का असली अर्थ तब समझ में आयेगा जब भारत में उन्हें अच्छी शिक्षा दी जाएगी और उन्हें इस काबिल बनाया जाएगा कि वो हर क्षेत्र में स्वतंत्र होकर फैसले कर सकें।

भूमिका

1. मणिबेनपटेल

सरदार वल्लभभाई पटेल की बेटी, मणिबेन पटेल भी अपने पिता की तरह देशभक्त थीं। अपने पिता और गांधी जी के आदर्शों पर चलते हुए, उन्होंने अपना पूरा जीवन देश की सेवा के लिए समर्पित कर दिया था। साल 1903 में तीन मार्च को जन्मी, मणिबेन ने गुजरात विद्यापीठ से अपनी पढ़ाई पूरी की। कहते हैं कि जब वल्लभभाई पटेल अपनी कानून की पढ़ाई के लिए इंग्लैंड गए तो अपने बेटे और बेटी को बॉम्बे के क्वींस मैरी स्कूल में छोड़कर गए थे।

मणिबेन अंग्रेजी में बात करती थीं। फ्रेंच भाषा उनके विषयों में शामिल थी। यह लगभग तय था कि स्कूल की पढ़ाई के बाद वह इंग्लैंड पढ़ने जाएंगी। लेकिन किस्मत को शायद कुछ और ही मंजूर था। क्योंकि जैसे-जैसे सरदार पटेल, गांधी जी के संपर्क में आए, उनकी जीवनशैली और रहन-सहन बिल्कुल बदल गया। उनके साथ-साथ उनकी बेटी, मणिबेन भी स्वदेसी के रंग में रंग गयी और इंग्लैंड की बजाय उन्होंने महात्मा गांधी द्वारा शुरू किए गए गुजरात विद्यापीठ से अपनी पढ़ाई की।

धीरे-धीरे मणिबेन खुद अपने पिता और गांधी की बनाई राह पर आगे बढ़कर देश सेवा में लग गयी। उनके मार्गदर्शन में उन्होंने नमक सत्याग्रह और असहयोग आंदोलन में भाग लिया। इस दौरान कई बार जेल भी गयी लेकिन संघर्ष से पीछे नहीं हटी। देश की स्वतंत्रता के प्रति वह इतनी समर्पित थीं कि उन्होंने कभी शादी नहीं की। साल 1942 में भारत छोड़ो आंदोलन के दौरान भी उनकी गिरफ्तारी हुई। 1945 तक वह पुणे के येरवडा जेल में थी।

बताते हैं कि मणिबेन अपनी पिता के लिए उनकी परछाई की तरह थीं। वह उनके हर दिन का हिसाब रखती थी कि कब उन्हें किससे मिलना है? इसके लिए मणिबेन ने एक डायरी बनाई हुई थी, जिसमें वह सरदार पटेल और उनकी दिनचर्या से जुडी बातें लिखती थीं। उनके पिता जिस भी सभा में जाते, वह साथ हुआ करती थीं। शायद इसलिए हर कोई कहता है कि वह एक महान बेटी भी थीं और देशभक्त भी।

आजादी के बाद भी मणिबेन समाज सेवा के लिए कई सामाजिक संगठनों के साथ कार्यरत रहीं। मणिबेन हमेशा ही अपने पिता और गांधी जी की तरह सादा जीवन में विश्वास रखती थीं। साल 1990 में उनका देहांत हो गया।

2. बसंतलताहज़ारिका

बसंतलता हज़ारिका उन स्वतंत्रता सेनानियों में से एक हैं, जिनके बारे में आपको बहुत कम ही पढ़ने को और जानने को मिलेगा। बहुत ढूंढ़ने पर भी देश की इस महान बेटी की तस्वीर हमें नहीं मिल पाई। लेकिन कोई भी देश की आजादी के संघर्ष में, इनके योगदान को अनदेखा नहीं कर सकता है। असम की बसंतलता हज़ारिका ने अपनी साथी महिला, स्वर्णलता बरुआ और राजकुमारी मोहिनी गोहैन के साथ मिलकर, महिलाओं की एक विंग, 'बहिनी' की स्थापना की थी। उनकी यह नारी बहिनी जगह-जगह जाकर ब्रिटिश सरकार की दमनकारी नीतियों के विरोध में मोर्चे निकालती थी।

शराब की दुकानों और अफीम उगाने के विरोध में इन महिलाओं के धरनों ने ब्रिटिश सरकार को परेशान कर दिया था। कहते हैं कि महिलाओं द्वारा धरने पर बैठने की वजह से ब्रिटिश अधिकारी परेशान हो गए थे। धीरे-धीरे कॉलेज के छात्र-छात्राएं भी महिलाओं के इन आंदोलनों से जुड़ने लगे थे। लेकिन अंग्रेजी शासन को यह रास नहीं आया और उन्होंने छात्रों को डराने के लिए कदम उठाया। कॉटन कॉलेज में सर्कुलर निकाला गया कि 'बहिनी' के आंदोलनों में भाग लेने वाले छात्रों को कॉलेज से निकाल दिया जाएगा।

बसंतलता और उनकी साथियों ने इस सर्कुलर का विरोध करते हुए कॉलेज के बाहर धरना देना शुरू कर दिया। हर एक कोशिश के बाद भी जब महिलाओं के धरने नहीं रुके तो कॉलेज प्रशासन ने कुछ समय के लिए छात्रों की छुट्टियां कर दी। लेकिन इसके बावजूद महिलाओं का आंदोलन जारी रहा।

बसंतलता के जैसे ही और भी कई महिला स्वतंत्रता सेनानी है, जिनकी कहानी सिर्फ अनसुनी ही नहीं बल्कि अनदेखी भी है।

3. डॉ. ऊषामेहता

साल 1920 में गुजरात के सूरत के पास सारस में जन्मी उषा मेहता पर बचपन से ही गांधी जी का प्रभाव रहा। गांधी जी के सभी आंदोलनों में वह बढ़-चढ़कर भाग लेती थीं और दूसरों को प्रेरित करती थीं। स्वतंत्रता संग्राम में सेनानियों की मदद करने के लिए उन्होंने अपनी शिक्षा को भी दांव पर लगा दिया था। इतिहासकारों के मुताबिक, ऊषा मेहता कॉलेज में थीं जब भारत छोड़ो आंदोलन के लिए गांधी जी ने सभी देशवासियों का आह्वान किया था।

इसके जवाब में अंग्रेजों ने हजारों आंदोलनकारियों को जेल में डाल दिया। अपनी दमनकारी नीतियों से अंग्रेज इस आंदोलन को दबाने में लगे हुए थे। वहीं, दूसरी तरफ द लगबग 15 दिनों तक किऊषा मेहता ने अपने पिता से कहा कि

उनकी शिक्षा इंतजार कर सकती है और घर से निकल गयी। इसके बासी को नहीं पता था कि ऊषा कहां है। अंग्रेजों के अत्याचारों से भारत छोड़ो आंदोलन की आवाज भी शांत होने लगी। और उस सन्नाटे में एक दिन रेडियो पर आवाज गुंजी, 'ये कांग्रेस रेडियो की सेवा है, जो 42.34 मीटर पर भारत के किसी हिस्से से प्रसारित की जा रही है।'

यह आवाज ऊषा मेहता की थी, जिन्होंने अपने साथियों के साथ मिलकर कांग्रेस पार्टी के लिए एक ख़ुफ़िया रेडियो स्टेशन शुरू किया था। विट्ठलभाई झवेरी, चंद्रकांत झवेरी, बाबूभाई ठक्कर और ननका मोटवानी उनके साथ थे। ननका मोटवानी शिकागो रेडियो के मालिक थे, इन्होंने ही रेडियो ट्रांसमिशन का कामचलाऊ उपकरण और टेक्निशियन उपलब्ध करवाए थे। यह रेडियो ब्रिटिश शासन के ख़िलाफ़ आज़ादी की आवाज़ बन गया था। जिस वक्त प्रेस की आवाज़ दबा दी गई थी, उस वक्त में रेडियो के ज़रिए ही देश के दूरदराज के इलाकों तक आज़ादी की अलख जलाई जा रही थी।

हालांकि, कुछ समय बाद एक देशद्रोही साथी की वजह से उन्हें गिरफ्तार कर लिया गया था। अपने जीवन के चार साल उन्होंने कारावास में गुजारे लेकिन अंग्रेजों के सामने झुकी नहीं। रिहाई के बाद उन्होंने अपनी शिक्षा पूरी की। उन्होंने महात्मा गांधी के सामाजिक और राजनीतिक विचारों पर पीएचडी की। उन्होंने बॉम्बे यूनिवर्सिटी के विल्सन कॉलेज में 30 साल तक पढ़ाया। साल 1998 में उन्हें पद्म विभूषण दिया गया। 11 अगस्त 2000 को 80 साल की उम्र में उन्होंने दुनिया से अलविदा कहा।

4. कमलादेवीचट्टोपाध्याय

कमलादेवी चटोपाध्याय का जन्म 3 अप्रैल 1903 को कर्नाटक के मैंगलोर शहर में हुआ था। वह एक संपन्न ब्राह्मण परिवार से संबंध रखती थी। कमला देवी की शादी महज़ 14 साल की उम्र में हो गई थी लेकिन दो साल बाद ही उनके पति का निधन हो गया। लेकिन घर में बैठकर, अपने भाग्य को कोसने की बजाय कमला ने कुछ अलग करने की ठानी। उनकी माँ और नानी ने उनका हर कदम पर साथ दिया। पहले उन्होंने अपनी शिक्षा पूरी की और फिर स्वतंत्रता संग्राम से जुड़ गयी।

बताया जाता है कि यह कमला ही थीं जिनके कहने पर गांधी जी ने नमक सत्याग्रह में महिलाओं की भागीदारी के लिए हामी भरी थी। कमला देवी ने भारी संख्या में महिलाओं को इकट्ठा कर गांधी जी के साथ मिलकर नमक कानून तोड़ा। हालांकि, कमला यहीं पर नहीं रुकी। उन्होंने बॉम्बे स्टॉक एक्सचेंज और बॉम्बे हाई कोर्ट के बाहर इस नमक की नीलामी की। पहली बार भारत में स्वदेशी

नमक का पैकेट 501 रुपए में बिका। इसके बाद कमलादेवी का नाम चर्चा में आने लगा क्योंकि वह देश की आजादी के साथ-साथ महिलाओं के हक़ के लिए भी मुखर रहीं।

स्वतंत्रता संग्राम के दौरान उन्होंने कई साल जेल की यातनाएं भी सही। लेकिन अपने कर्तव्य से पीछे नहीं हटी। महिलाओं को राजनीति का रास्ता दिखाने का श्रेय भी कमलादेवी को जाता है। क्योंकि साल 1926 में उन्होंने मद्रास विधान सभा से चुनाव लड़ा और मात्र 55 वोट से हार गयी। लेकिन इसके साथ ही चुनाव लड़ने वाली वह पहली महिला थीं। इसके बाद राजनीति में भी महिलाओं की भागीदारी बढ़ गयी। इस चुनाव से कमलादेवी का राजनीतिक सफ़र शुरू हो चुका था जिसका लक्ष्य कभी भी पद नहीं था बल्कि बदलाव था।

आजादी के बाद भी बिना कोई राजनीतिक पद लिए वह देश सेवा में लगी रहीं। कमला देवी को भारत के उच्च नागरिक सम्मान पद्म भूषण और पद्म विभूषण से सम्मानित किया गया। इसके अलावा कमलादेवी को रेमन मैग्सेसे पुरस्कार से भी सम्मानित किया गया। 29 अक्टूबर 1988 को 85 वर्ष की आयु में इनका निधन हो गया।

5. चंद्रप्रभासैकियानी

चंद्रप्रभा सैकियानी का जन्म 16 मार्च 1901 को असम में कामरूप ज़िले के दोइसिंगारी गांव में हुआ। उनके पिता रतिराम मजुमदार गांव के मुखिया थे और उन्होंने अपनी बेटी की पढ़ाई पर काफ़ी ज़ोर दिया। चंद्रप्रभा बचपन से ही महिलाओं के अधिकारों के प्रति सजग रहीं। चंद्रप्रभा ने न केवल अपनी पढ़ाई की बल्कि अपने गांव में पढ़ने वाली लड़कियों पर भी ध्यान दिया। बताते हैं कि जब वह 13 साल की थीं तो उन्होंने अपने गांव की लड़कियों के लिए प्राइमरी स्कूल खोला।

वहां इस 13 साल की शिक्षिका को देखकर स्कूल इंसपेक्टर प्रभावित हुए और उन्होंने चंद्रप्रभा सैकियानी को नौगांव मिशन स्कूल का वज़ीफ़ा दिलवाया। लड़कियों के साथ शिक्षा के स्तर पर हो रहे भेदभाव के ख़िलाफ़ भी उन्होंने अपनी आवाज़ को नौगांव मिशन स्कूल में ज़ोर शोर से रखा और वह ऐसा करने वाली पहली लड़की मानी जाती हैं। समय के साथ-साथ चंद्रप्रभा स्वतंत्रता सेनानियों के किस्सों से प्रभावित होने लगी। खासकर कि महात्मा गांधी की असम यात्रा ने उन पर गहरा प्रभाव छोड़ा।

उन्होंने न केवल लड़कियों की शिक्षा के लिए काम किया बल्कि उनके अधिकारों के प्रति जागरूकता फैलाने और स्वतंत्रता आंदोलन को उन तक पहुंचाने के लिए राज्यभर में साइकिल से यात्रा की। इसके लिए उन्होंने 'महिला मोर्चा'

गठन किया। वह लोगों को <u>विदेशी</u> वस्तुओं के बहिष्कार करने की अपील करने लगीं। असम में उनके जागरूकता अभियान को बढ़ता देखकर अंग्रेजों ने उन्हें गिरफ्तार भी किया। लेकिन चंद्रप्रभा रुकी नहीं बल्कि आजादी तक उनका संघर्ष जारी रहा।

साल 1972 में उन्होंने अपनी आखिरी सांस ली। भारत सरकार द्वारा उन्हें पद्मश्री से नवाजा गया है।

भारत की इन महान महिला स्वतंत्रता सेनानियों के योगदान को हम कभी भूल नहीं सकते हैं। संघर्षों का सामना करते हुए इन महिलाओं ने हर चुनौती पर विजय हासिल की। इनकी कहानी हमें प्रेरणा देती है। हम सभी हमेशा इनके ऋणी रहेंगे।

प्रेरणा

आजादी को हासिल किए लगभग सात दशक बीत गए हैं और आज भी स्वतंत्रता सेनानियों के लिए हर देशवासी के दिल में सम्मान और गर्व की भावना है. हम हर साल गणतंत्र दिवस और स्वतंत्रता दिवस के अवसर पर इन सेनानियों को याद करते हैं और अपने आजाद जीवन के लिए उनका शुक्रिया अदा करते हैं. देश की आजादी में जितना योगदान पुरुषों का है महिलाओं का उससे कम योगदान नहीं है. :-

झांसी की रानी

झांसी की रानी के बारे में किसने नहीं सुना होगा. उनकी बहादुरी भरे कारनामों से तो अंग्रेजों के भी छक्के छूटते थे. झांसी की रानी ने सन 1857 के विद्रोह में प्रमुख सेनानी के रूप में हिस्सा लिया था. हम आज उन्हें उनकी बहादुरी के कारण ही याद करते हैं.

बेगम हजरत महल

सन 1857 के विद्रोह में बेगम हजरत महल का नाम स्वर्ण अक्षरों में लिखा गया. वे पहली महिला स्वतंत्रता सेनानी थीं जिन्होंने अंग्रेजों के शोषण के खिलाफ देश के गांव गांव को एक करने का जिम्मा उठाया था. उन्होंने अंग्रेजों से आमना सामना किया और लखनऊ पर कब्ज़ा किया. उन्होंने ही अपने बेटे को अवध का राजा भी घोषित किया. हालांकि, बाद में अंग्रेजों ने उन्हें जबरन नेपाल भेज दिया.

सरोजिनी नायडू

निश्चित रूप से सरोजिनी नायडू आज की महिलाओं के लिए एक रोल मॉडल हैं. जिस जमाने में महिलाओं को घर से बाहर निकलने तक की आजादी नहीं थी, सरोजिनी नायडू घर बाहर एक कर देश को आजाद करने के लक्ष्य के साथ दिन रात महिलाओं को जागरूक कर रही थीं. सरोजिनी नायडू उन चुनिंदा महिलाओं में से थीं जो बाद में INC की पहली प्रेज़िडेंट बनीं और उत्तर प्रदेश की गवर्नर के

पद पर भी रहीं. वह एक कवयित्री भी थीं.

सावित्रिभाईफुले

महिलाओं को शिक्षित करने के महत्व को उन्होंने जन जन में फैलाने का जिम्मा उठाया था. उन्होंने ही कहा था कि अगर आप किसी लड़के को शिक्षित करते हैं तो आप अकेले एक शख्स को शिक्षित कर रहे हैं, लेकिन अगर आप एक लड़की को शिक्षा देते हैं तो पूरे परिवार को शिक्षित कर रहे हैं। उन्होंने अपने समय में महिला उत्पीड़न के कई पहलू देखे थे और लड़कियों को शिक्षा के अधिकार से वंचित होते देखा था. ऐसे में तमाम विरोध झेलने और अपमानित होने के बावजूद उन्होंने लड़कियों को मुख्य धारा में लाने के लिए उन्हें आधारभूत शिक्षा प्रदान करने की जिम्मेदारी उठाई थी.

विजयलक्ष्मीपंडित

जवाहरलाल नेहरू की बहन विजयलक्ष्मी भी देश के विकास के लिए तमाम गतिविधियों में बढ़चढ़ कर हिस्सा लेती थीं. उन्होंने कई सालों तक देश की सेवा की और बाद में संयुक्त राष्ट्र जनरल असेंब्ली की पहली महिला प्रेज़िडेंट भी बनीं. वे डिप्लोमैट, राजनेता के अलावा लेखिका भी थीं

अरुणाआसफअली

अरुणा आसफ अली उस दौर में कांग्रेस पार्टी की सक्रिय सदस्य रहीं और देश की आजादी के लिए कंधे से कंधा मिलाकर स्वतंत्रता संग्राम में हिस्सा लिया. जेल होने पर उन्होंने तिहाड़ जेल के राजनैतिक कैदियों के अधिकारों की लड़ाई भी लड़ी. जेल में रहते हुए उन्होंने कैदियों के हित के लिए भूख हड़ताल किया. इसके लिए उन्हें कालकोठरी की सजा झेलनी पड़ी थी.

भारत में महिलाओं के कानूनी अधिकार

महिलाओं को बिना किसी रोक टोक के अपने निर्णय स्वयं लेने के लिए सशक्त बनाना और उन्हें पुरुषों के बराबर मानना राष्ट्र की सर्वांगीण प्रगति के लिए अनिवार्य है। हमारा संविधान अपने सभी नागरिकों को बिना किसी भेदभाव के समानता की अधिकार की गारंटी देता है। जिसके अनुसार यहां किसी भी नागरिक के साथ रंग, धर्म, लिंग, क्षेत्र, भाषा आदि के आधार पर असमान व्यवहार करने की मनाही है। इसके बावजूद भारत में लैंगिक भेदभाव लगातार चला आ रहा है।

हाल के वर्षों में भारतीय उच्च्तम न्यायालय ने इसी विषय से जुड़े कुछ अहम मुद्दों पर काफी ऐतिहासिक निर्णय सुनाए हैं। कोर्ट ने पुरातनपंथी ऐसे कई कानूनों को खत्म करने में सक्रिय भूमिका निभाई है, जो महिलाओं के विपरीत थे। जिसमें भारतीय दण्ड संहिता की बलात्कार संबंधी धारा 376, अप्राकृतिक यौनाचार तथा समलैंगिक संबंधों में लागू होने वाली धारा 377 और व्यभिचार से संबंधित धारा 497 शामिल हैं।

धारा 497 के तहत ऐसे किसी भी पुरुष को दंडित किया जाता है, जो किसी अन्य पुरुष की सहमति के बगैर उसकी पत्नी के साथ अवैध संबंध रखता है। यह स्त्रियों के साथ बहुत पक्षपात करने वाला प्रावधान है और संविधान के अनुच्छेद 14 तथा 15 का उल्लंघन भी करता है। पहले तो उसमें महिला को उसके पति की संपत्ति की तरह माना जाता है। यदि ऐसा काम पति की सहमति अथवा मिलीभगत से किया जाए तो उसे अपराध नही माना जाएगा। दूसरी बात अपराध उस पुरुष का माना जाता है, जिसके किसी अन्य पुरुष की पत्नी के साथ अवैध संबंध हैं। लेकिन स्त्री ने पहल की हो तो भी उसे दंड नही दिया जाता, क्योंकि उसे पीड़ित माना जाता है। तीसरी बात अगर पुरुष के विवाहेत्तर संबंध होते हैं तो, न तो उस पर और न ही उस महिला पर मुकदमा चलाया जा सकता है, जसके साथ उसके ऐसे संबंध थे।यह कानून 1860 में ब्रिटिश शासन ने तैयार किया था और उसके बाद से बिना किसी प्रगतिशील संशोधन के यह चलता ही आ रहा है। 1971 में आई 42वीं विधि रिपोर्ट और 2003 की मालीमठ समिति की रिपोर्ट में इस परिभाषा को बदलने और स्त्री और पुरुष दोनों के साथ समान

व्यवहार करने की सिफारिश की गई थी, लेकिन उन्हें लागू नही किया गया है।इतना ही नही वर्ष दर वर्ष विभिन्न फैसलों में अदालतों ने इसे संवैधानिक रूप से वैध ठहराया है। यह बात हाल ही में जोसेफ साइन बनाम भारत सरकार मामले में प्रकाश में आई, जिसमें इस मामले की संवैधानिक वैधता को चुनौती देने वाली एक याचिका उच्च्तम न्यायालय में दाखिल की गई। पीठ ने कहा कि इस प्रावधान में लैंगिक निष्पक्षता का प्रावधान नही है।और जब पति की सहमति या मिलीभगत पर जोर दिया जाता है तो महिला की व्यक्तिगत पहचान को ठेस लगती है। इस प्रकरण में कहा गया कि अब समाज को यह महसूस करने का समय आ गया है कि महिला हर क्षेत्र में पुरुष के बराबर है और इस आधार पर यह प्रावधान पुराना और दकियानूसी लगता है। लेकिन भारत में विवाह की नैतिक पवित्रता पर जोर देते हुए केन्द्र का रूख यही रहा है कि धारा 497 विवाह की संस्था की सुरक्षा और समर्थन करती है। अगर इसे खत्म कर दिया गया तो भारत की उस मूलभूत भावना को आघात पहुंचेगा जो भारत की विवाह संस्था को सबसे ज्यादा महत्व देती है। यह अजीब बात है कि हिंदू विवाह अधिनियम, 1955 के तहत व्यभिचार ही शादी तोड़ने का इकलौता आधार है और उसे दंडनीय अपराध माना गया है।

इसी प्रकार तीन तलाक का मुद्दा है। इसमें सर्वोच्च्य न्यायालय के सामने एक साथ तीन तलाक देने का मामला सामने आया। इस संबंध में अदालत के सामने सबसे बड़ा सवाल यह था कि क्या यह मसला मुस्लिम पर्सनल लॉ के अंतर्गत आता है या नही। एक साथ तीन तलाक सुन्नी मुसलमानों, विशेषकर हनफी समुदाय के बीच बहुत पहले से चली आ रही प्रथा है। जिसके अंतर्गत कोई भी मुस्लिम पुरुष एक ही बार में तीन बार तलाक शब्द बोलकर अपनी पत्नी को एकतरफा तलाक दे सकता है और उसे बदला भी नही जा सकता। पिछले तमाम वर्षों में मुस्लिम पुरुषों ने मुस्लिम महिलाओं को नुकसान पहुंचाने के लिए इस प्रावधान का दुरुपयोग किया है। जिसमें किसी पति नें टेक्स्ट मैसेज के जरिए, फोन पर या व्हाट्सएप पर अपनी पत्नी को तलाक दे दिया। इससे पहले किसी दबाव में या मजाक में दे दिया गया तलाक भी मान्य और प्रभावी ठहराया गया (राशिद अहमद बनाम अनीसा खातून- एआईआर 1932 पीसी 25)। वैध तलाक के लिए केवल एक ही शर्त जरूरी थी- पति वयस्क हो और तलाक देते समय उसकी मानसिक हालत ठीक हो। यह बात पत्नी को बताने की जरूरत भी नही

थी और जैसे ही उसे यह बात पता चलती थी, तलाक लागू हो जाता था(पथायी बनाम मोईदीन- 1968 केएलटी- 763)। लेकिन हिना एवं अन्य बनाम उत्तर प्रदेश राज्य एवं अन्य (2017 -1 आरसीआर दीवानी) मामले में इलाहाबाद उच्च न्यायालय ने कहा था कि किसी जायज कारण के बिना और दोनों पक्षें में सुलह की कोशिश किए बगैर दिया गया तलाक कानूनी रूप से मान्य नही होगा। शमीम आरा बनाम उत्तर प्रदेश राज्य एवं अन्य (एआईआर- 2002 एससी 3551) के मामले में भी उच्चतम न्यायालय ने यही कहा। इस प्रकार तीन तलाक में भी सोच-विचार और आत्ममंथन की गुंजाइश खत्म नही होती।

पाकिस्तान सहित कई मुस्लिम बहुल देशों नें यह प्रथा समाप्त कर दी है। भारत में एक साथ तीन तलाक की संवैधानिक वैधता शायरा बानो बनाम भारत सरकार एवं अन्य (2017-9 एससीसी 1) मामले में उच्चतम न्यायालय के सामने आयी इसे 3 अनुपात 2 के बहुमत से असंवैधानिक पक्षपाती और अनुच्छेद 14 के विरुध्द ठहराया गया। लेकिन यह प्रश्न अब भी बाकी है कि क्या तीन तलाक को असंवैधानिक ठहराए जाने से भारत में स्त्री –पुरुष समानता की तस्वीर बदल गई है। तलाक के दूसरे तरीके अब भी मौजूद हैं, जिनमें मुस्लिम पुरुषों के पास कानून का सहारा लिए बगैर ही तलाक देने का अधिकार सुरक्षित है। दिसम्बर 2017 में मुस्लिम महिला (विवाह में अधिकार संरक्षण) विधेयक, 2017 को लोकसभा में प्रस्तुत किया गया, जिसमें एक साथ तीन तलाक को संज्ञेय और गैर-जमानती अपराध मानने की बात की गई। लोकसभा में इसे बहुमत से पारित कर दिया, लोकिन राज्यसभा में यह अभी भी लंबित है। हालांकि विधेयक को उसके मौजूदा रूप मे त्रुटिरहित नही कहा जा सकता। क्या तीन तलाक को मुस्लिम पुरुषों के लिए संज्ञेय अपराध बनाना उचित है। भारतीय दण्ड संहिता 1980 के अंतर्गत विवाह से जुड़े ऐसे अपराधों को जिनमें पत्नी को शारीरिक नुकसान नही पहुंचाया गया हो, असंज्ञेय करार दिया जाता है, ताकि पीढ़ित पक्ष के कहने पर ही मुकदमा चलाया जा सके । लेकिन एक साथ तीन तलाक को संज्ञेय बनाने का आशय यह है कि मुस्लिम पुरुषों पर मुकदमा उस स्थिति में भी चलाया जा सकता है जबकि उसकी पत्नी ऐसा नही करना चाह रही हो। मुस्लिम महिलाओं के अधिकारों को बढ़ावा देने के प्रयास में यह विधेयक अनजाने में मुस्लिम पुरुषों के अधिकारों को ठेस पहुंचा सकता है और उनके साथ भेदभाव कर सकता है।

संपत्ति का अधिकार और महिला का संपत्ति रखने का अधिकार, भी अदालती न्यायिक फैसलों, संशोधनों तथा कानून की व्याख्या का विषय रहा है। हिंदू उत्तराधिकार अधिनियम 1956 में में हुए संसोधनों ने महिलाओं को माता-पिता और ससुराल दोनों की ही संयुक्त परिवार की संपत्तियों में हिस्सेदारी का अधिकार दिया गया।उससे पहले महिलाओं का सीमित संपत्ति पर अधिकार होता था। कई जनजातीय कानूनों और धार्मिक कानूनों के अंतर्गत महिलाओं को समुदाय से बाहर विवाह करने पर उनकी अपनी संपत्ति के अधिकार से वंचित कर दिया जाता है। छोटा नागपुर काश्तकारी अधिनियम, 1908 के अनुसार समुदाय के बाहर विवाह करने वाली महिलाओं को पैतृक संपत्ति पर अधिकार से वंचित मान लिया जाता था। पारसी कानूनों में भी ऐसा ही है, जहां माना जाता है कि समुदाय से बाहर विवाह करने वाली पारसी महिलाओं की धार्मिक पहचान समाप्त मान ली जाती है। इस कानून के मुताबिक समुदाय से बाहर विवाह करने वाले पुरुष की संताने तो पारसी हो सकती हैं, लेकिन अगर स्त्री ऐसा करती है तो उसकी संताने पारसी नही रहती। साथ ही ऐसा करने वाली स्त्री को दखमा(टावर ऑफ साइलेंस) में भी जाने की अनुमति नही होती। एक पारसी महिला गुरुख गुप्ता ने इसे गुजरात उच्च न्यायलय में चुनौती दी, और अदालत ने उस महिला के खिलाफ निर्णय सुनाते हुए कहा कि किसी भी महिला की धार्मिक पहचान उसके पति के धर्म में मिल जायेगी। तब इस फैसले को उच्चतम न्यायालय में चुनौती दी गई। इसके बाद पारसी समुदाय ने अपनी सदियों पुरानी परंपरा तोड़ दी और कहा कि वह उन्हें उनके माता-पिता के अंतिम संस्कार में आने की अनुमति देगा। अदालत ने समुदाय से प्रश्न किया कि क्या ऐसा कहा जा सकता है कि महिला किसी पुरुष से विवाह करके अपनी धार्मिक पहचान खो देती है, या खुद को उसके पास गिरवी रख देती है।

बलात्कार के मामलों में भी ऐसी ही समस्याऐं बनी हुईं हैं। चूंकि भारत में दर्ज होने वाली बलात्कार की घटनाऐं बहुत बढ़ गई हैं, इसलिए अदालतों और विधायिका ने इस संदर्भ में विभिन्न संशोधन किए हैं। 2013 से पहले भारतीय दंड संहिता की धारा 375 के तहत बलात्कार की परिभाषा बहुत ही संकीर्ण थी और केवल यौनसंबंध ही इसके दायरे में आते थे। कुख्यात निर्भया सामूहिक बलात्कार कांड के बाद आपराधिक कानून संशोधन अधिनियम, 2013 (बलात्कार रोधी विधेयक) पारित हो गया। जिसके अंतर्गत बलात्कार की

परिभाषा को विस्तार दिया गया, और गुप्तांग में शरीर का कोई अंग प्रविष्ट कराने, कोई वस्तु प्रविष्ट कराने आदि को इसमें शामिल कर लिया गया। उच्चतम न्यायालय ने इस मामले में आरोपित 6 में से 4 व्यक्तियों को मृत्युदंड को 2018 में बरकरार रखा। एक आरोपित अवस्यक था और सबसे क्रूर होने के बाद भी उसे 3 वर्ष बाद सिर्फ इसलिए छोड़ दिया गया क्योंकि उसकी उम्र 18 वर्ष से कुछ महीने कम थी। इस घटना के बाद किशोर न्याय अधि. 2015 पारित किया गया, जिसमें कहा गया कि जघन्य अपराध करने वाले 16 वर्ष या उससे अधिक उम्र के लोगों पर वयस्कों के समान मुकदमे चलाए जायेंगे।

कठुआ सामूहिक बलात्कार कांड के बाद आपराधिक कानून(संशोधन) अध्यादेश 2018 को राष्ट्रपति की मंजूरी मिल गई, जिसके तहत बलात्कार, विशेष रूप से 16 वर्ष से कम उम्र की बच्ची के साथ बलात्कार के मामले में दंड बढ़ा दिया गया। हालांकि अजीब बात यह है कि अभी भी वैवाहिक बलात्कार को तब तक अपराध नही माना जाता है जब तक कि पत्नी की उम्र 15 वर्ष से कम न हो। इसके पक्ष में तर्क यह दिया जाता है कि इससे विवाह संस्था कमजोर होगी।

भारत की प्रस्तावना कहती है कि हम भारत के लोग भारत को एक संपूर्ण प्रभुत्व संपन्न, समाजवादी, पंथनिरपेक्ष, लोकतंत्रात्मक,गणराज्य बनाने के लिए दृढ़संकल्प होकर...पंथ निरपेक्षता का अर्थ है राज्य द्वारा सभी पंथ के सापेक्ष एक समान व्यवहार किया जाए। सभी नागरिको के धर्म पर विचार किए बगैर उनके निजी मामलो पर नियंत्रण करने वाली समान नागरिक संहिता ही सच्ची पंथनिरपेक्षता की धुरी है। ऐसी संहिता की आवश्यकता है क्योंकि भारत में प्रचलित विभिन्न पर्सनल लॉ महिलाओं के साथ भेदभाव करते हैं। अनु. 14 के अनुसार प्रत्येक व्यक्ति पर पर्सनल लॉ के अलावा एक समान फौजदारी और दीवानी के कानून लागू होते हैं। भारतीय संविधान के अनु. 44 (राज्य के नीति निर्देशक तत्व) में समान नागरिक संहिता के प्रावधान की बात है। इसमें कहा गया है कि राज्य भारत की सीमाओं के भीतर नागरिकों के लिए समान नागरिक संहिता लागू करने का प्रयास करेगा। उच्चतम न्यायालय ने मोहम्मद खान बनाम शाहबानो बेगम एवं अन्य के मामले में कहा है कि यह अफसोस की बात है कि हमारे संविधान का अनु. 44 नाममात्र का ही है। इस मामले में स्वयं ही पहल और बदलाव करने का जोखिम शायद कोई भी समुदाय नही उठायेगा।

इसीलिए राज्य के पास यह अधिकार है, और विधायी शक्तियां भी हैं, जो समान नागरिक संहिता को लागू करवा सकती हैं। अगर संविधान को सार्थक बनाए रखना है तो कठिनाइयां होने के बाद भी शुरुआत करनी होगी। इसके अलावा न्यायालय ने सरला मुद्गल बनाम भारत सरकार प्रकरण में भी समान नागरिक संहिता की जरूरत पर बात की थी। भारत जैसे विविधता बरे देश में समान नागरिक संहिता की राह में कम मुश्किलें नही हैं।ऐसा फैसला चाहे कितना भी प्रगतिशील क्यों न हो उसे लोगों पर तब तक थोपा नही जा सकता जबतक वे इसे स्वीकार नही करते।

महिलाओं के 10 कानूनी अधिकार जो बनाते हैं उन्हें और मजबूत

महिलाओं को किसी भी मानव सभ्यता की नींव माना जाता है, उनके बिना किसी भी सभ्य समाज की कल्पना कोरी है। ऐसे में आधुनिक समाज में महिलाओं को सशक्तिकरण और उन्हें और आजादी पाने का पुरुषों की तुलना में अधिक आवश्यकता है। महिलाओं के अधिकारों को लेकर हमेशा से ही अलग चर्चा होती रही है।

एक तरफ जहां भारत में महिलाओं को देवी माना जाता है और उन्हें पूजा जाता है। लेकिन इन सबसे इतर जो ज्यादा जरूरी है वह है उन्हें उनका अधिकार, सुरक्षा, समाज में दर्जा दिलाया जाए बजाए उनकी पूजा करने के। आज हम आपको महिलाओं के उन अधिकारों से रूबरू करायेंगे जो महिलाओं को समाज में सुरक्षित और बेहतर जीवन जीने की आजादी देते हैं।

जीरोएफआईआरकाअधिकार

रेप पीड़िता महिला किसी भी पुलिस स्टेशन पर अपनी शिकायत दर्ज करा सकती हैं। सुप्रीम कोर्ट के निर्देश के अनुसार कोई भी पुलिस स्टेशन रेप पीड़िता को यह कहकर वापस नहीं कर सकता है कि यह मामला उसकी सीमा के बाहर का है।

पुलिसस्टेशनपरनहींबुलायेजानेकाअधिकार

सीआरपीसी की धारा 160 के तहत महिलाओं को पुलिस स्टेशन पर पूछताछ के लिए नहीं बुलाया जा सकता है। पुलिस महिला कॉस्टेबल या महिला के परिवार के सदस्य या उसकी महिला मित्र की उपस्थिति में महिला के घर पर ही उससे पूछताछ कर सकती है।

किसीभीसमयशिकायतकाअधिकार

महिलायें समाज में परिवार की इज्जत, रिश्तेदारों से मिलने वाली धमकी सहित तमाम वजहों से पुलिस से मामले की शिकायत सही समय पर नहीं करती हैं। लेकिन अगर महिलाये किसी भी समय चाहे तो इन मामलों में अपनी शिकायत दर्ज करा सकती हैं और पुलिस उन्हें यह कहकर लौटा नहीं सकती है कि शिकायत काफी देर से की जा रही है।

फ्रीमेंकानूनसलाह

पुलिस स्टेशन पर शिकायत करने गयी महिला को फ्री में कानूनी सलाह प्राप्त करने का अधिकार है।

गोपनीयताकाअधिकार

बलात्कार पीड़िता महिला को यह अधिकार है कि वह गोपनीय तरीके से अपना बयान दर्ज कराये। उसे अधिकार है कि बिना किसी और की उपस्थिति में मजिस्ट्रेट के सामने अपना बयान दर्ज करा सकती है। वह चाहे तो महिला पुलिसकर्मी या अन्य पुलिस अधिकारी को अकेले में अपना बयान दे सकती है। सीआरपीसी की धारा 164 के तहत महिला को अधिकार है।

इंटरनेटकेमाध्यमसेशिकायतकाअधिकार

अगर किसी वजह से महिलायें पुलिस स्टेशन शिकायत दर्ज कराने नहीं जा सकती हैं तो वह ई मेल या रजिस्टर्ड पोस्ट के जरिए अपनी शिकायत दर्ज करा सकती हैं। महिलायें डीसीपी स्तर या किसी भी अधिकारी को शिकायत भेज सकती हैं, जिसके बाद अधिकारी संबंधित पुलिस स्टेशन पर मामला भेज देते हैं। साथ ही इस बात का निर्देश देते हैं कि मामले में उचित कार्यवाही की जाए।

नोअरेस्टकाअधिकार

सुप्रीम कोर्ट के निर्देश के अनुसार महिलाओं को सूरज ढलने के बाद और सूरज उगने से पहले गिरफ्तार नहीं किया जा सकता है। यही नहीं महिला कॉस्टेबल की उपस्थिति में भी महिला को गिरफ्तार नहीं किया जा सकता है। बड़े अपराध

की स्थिति में भी पुलिस को मजिस्ट्रेट की अनुमति का पत्र लाना आवश्यक है।

पहचान की गोपनीयता का अधिकार

किसी भी स्थिति में महिला की पहचान को सार्वजनिक नहीं किया जा सकता है। किसी भी सूरत में ना तो पुलिस और ना ही मीडिया महिला की पहचान को सार्वजनिक कर सकती है। आईपीसी की धारा 228-ए के तहत महिलाओं को यह अधिकार देता है। ऐसा करना कानूनी अपराध है।

मेडिकल के क्षेत्र में अधिकार

महिला के साथ रेप हुआ है या नहीं वह मेडिकल टेस्ट से ही साबित होता है। कानून के अनुसार धारा 162-ए के तहत महिला का मेडिकल टेस्ट कराया जाना आवश्यक है। महिला को मेडिकल रिपोर्ट की कॉपी पाने का अधिकार है। रेप एक अपराध है ना कि कोई मेडिकल टर्म, ऐसे में डॉक्टर को सिर्फ यह बयान देने का अधिकार है कि महिला के साथ संबंध स्थापित किया गया है अथवा नहीं। ऐसे में डॉक्टर के पास यह अधिकार नहीं होता है कि वह इस बात का फैसला करे कि रेप हुआ है या नहीं।

शारीरिक शोषण से मुक्ति का अधिकार

किसी भी कंपनी या संस्था में काम करने वाली महिलाओं की सुरक्षा को पाने का अधिकार है। सुप्रीम कोर्ट के आदेश के अनुसार सभी सरकारी या गैरसरकारी संस्थाओं में एक कमेटी होनी चाहिए जिसका जिम्मा एक महिला के हाथ में होना चाहिए जो इन मामलों की सुनावाई करे। कमेटी में 50 फीसदी महिलाओं का होना भी आवश्यक है।

महिला सशक्तिकरण

हमारा देश अभी भी एक विकासशील राज्य है और देश की आर्थिक स्थिति बहुत ही खराब है क्योंकि ये पुरुष प्रधान राज्य है। पुरुष (अर्थात् देश की आधी शक्ति) अकेले घूमते हैं और वो महिलाओं को केवल घर के कामों को करने के लिए मजबूर करते हैं। वो ये नहीं जानते कि महिलाएं भी इस देश की आधी शक्ति है और पुरुषों के साथ कदम से कदम मिलाकर चलने से देश की पूरी शक्ति बन सकती है। एक दिन जब देश की पूरी शक्ति काम करना शुरु कर देगी, तो कोई भी अन्य देश भारत से अधिक शक्तिशाली नहीं होगा। पुरुष ये नहीं जानते कि भारतीय महिलाएं कितनी शक्तिशाली हैं।

ये सभी भारतीय पुरुषों के लिए बहुत आवश्यक है कि वो महिलाओं की शक्ति को समझे और उन्हें स्वंय को आत्मनिर्भर और देश व परिवार की शक्ति बनाने के लिए आगे बढ़ने दें। भारत में महिला सशक्तिकरण लाने के लिए लैंगिक समानता पहला कदम है। पुरुषों को ये नहीं सोचना चाहिए कि महिलाएं केवल घर व परिवार के कामकाज को करने या लेने के लिए जिम्मेदार है। पुरुषों को भी घर, परिवार और अन्य उन कामों को करने के लिए भी जो महिलाएं करती हैं, अपनी जिम्मेदारियों को समझना चाहिए ताकि महिलाओं को खुद के और अपने कैरियर के बारे में सोचने के लिए कुछ समय मिल सके।

महिलाओं को सशक्त बनाने के लिए बहुत से कानून है हालांकि, कोई भी बहुत अधिक प्रभावशाली नहीं है और न ही लोगों के द्वारा उनका पालन किया जाता है। यहाँ कुछ प्रभावशाली और कड़े नियम होने चाहिए जिनका सभी के द्वारा अनुसरण किया जाये। ये केवल हमारी सरकार की ही जिम्मेदारी नहीं है, ये प्रत्येक और सभी भारतीयों की जिम्मेदारी है। प्रत्येक भारतीय को महिलाओं के प्रति अपनी सोच बदलने और महिला सशक्तिकरण के लिए बनाये गए नियमों का कड़ाई से पालन करने की आवश्यकता है।

केवल नियम कुछ नहीं कर सकते, बल्कि नियमों के विषयों को समझने की भी आवश्यकता है कि, नियम क्यों बनाये गए हैं, हमारे देश के लिए महिला सशक्तिकरण क्यों आवश्यक है और अन्य सवालों को भी समझने की

आवश्यकता है। इन पर सकारात्मक रुप से सोचने की जरुरत है, महिलाओं के बारे में अपनी सोच को बदलना जरुरी है। महिलाओं को पूरी स्वतंत्रता देने की आवश्यकता है, ये उनका जन्मसिद्ध अधिकार है। महिलाओं को भी अपनी पूर्वधारणाओं को बदलने की जरुरत है कि वो कमजोर हैं और कोई भी उन्हें धोखा दे सकता है या उनका प्रयोग कर सकता है।

इसके बजाय उन्हें ये सोचने की आवश्यकता है कि उनमें पुरुषों से अधिक शक्ति है और वो पुरुषों से बेहतर कर सकती हैं। वो योग, मानसिक कला, कूगं-फू, कराटे आदि को अपने सुरक्षा मानकों के रुप में सीखकर भी शारीरिक रुप से शक्तिशाली हो सकती हैं। देश में विकास को आगे बढ़ाने के लिए महिला सशक्तिकरण बहुत महत्वपूर्ण यंत्र है। ये परिवारों और समुदायों के स्वास्थ्य और उत्पादकता में सुधार करने के साथ-साथ अगली पीढ़ी को बेहतर मौके प्रदान करके गरीबी को कम करने में मदद कर सकता है। भारत में महिलाओं के पिछड़ेपन के बहुत से कारण है जैसे लिंग आधारित हिंसा, प्रजनन स्वास्थ्य विषमताएं, आर्थिक भेदभाव, हानिकारक पारंपरिक प्रथाएं, असमानता के अन्य व्यापक और नियमित रुप।

भारत में महिलाएं, मानवीय आपदाओं, विशेष रूप से सशस्त्र संघर्ष के दौरान और बाद में प्राचीन समय से ही बहुत सी कठिनाइयों को झेल रही हैं। महिला सशक्तिकरण का समर्थन, नीति निर्माण को बढ़ावा देने, लिंग संवेदनशील डाटा संग्रह को बढ़ावा देने, महिलाओं के स्वास्थ्य के बारे में जागरूकता में सुधार लाने और जीवन में अपनी स्वतंत्रता का विस्तार करने के लिए बहुत से निजी और सरकारी संगठन और संस्थाएं है। इस तरह समर्थन करता और मानव अधिकारों के बावजूद, महिलाएं अभी भी आश्रित, गरीब, अस्वस्थ्य और अशिक्षित हैं। हमें इसके पीछे के कारणों के बारे में सोचकर और तत्काल आधार पर सभी को हल करने की जरूरत है।

सार्वजनिक क्षेत्र में महिलाओं का नेतृत्व राष्ट्र के विकास के लिए महत्वपूर्ण यंत्रों में से एक है। सार्वजनिक क्षेत्र में महिलाओं का प्रतिनिधित्व करना न्याय की ही बात है हालांकि, महिला सशक्तिकरण को प्रभावी बनाने के लिए सभी दृष्टिकोणों को आगे लाने की आवश्यकता है। महिला और पुरुष दोनों अद्वितीय

और अलग दृष्टिकोण रखते हैं इसलिए निर्णय लेने की प्रक्रिया को प्रभावशाली बनाने के लिए दोनों महत्वपूर्ण है। समाज में पुरुषों और महिलाओं दोनों के अधिकारों की समानता कार्य क्षमता को बढ़ायेगी और इस प्रकार देश की आर्थिक स्थिति में सुधार होगा।

महिला सशक्तिकरण निर्णय लेने की प्रक्रिया में अपनी भागीदारी को मजबूत करने की चाबी है जो सामाजिक-आर्थिक विकास के लिए बहुत महत्वपूर्ण है। शोध के आंकड़ों के मुताबिक, ये उल्लेख किया गया है कि महिलाओं का सशक्तिकरण एक सशक्त रुप में आर्थिक वृद्धि को बढ़ाता है और विकास को जारी रखता है। हमें इस बारे में सोचना चाहिए और इस पर चर्चा करनी चाहिए कि कैसे हमारे सांस्कृतिक, पारंपरिक और सामाजिक नियम महिला नेतृत्वीकरण को प्रभावित करते हैं ताकि हम उन्हें तोड़ सकें।

महिलाओं पर सामाजिक, सांस्कृतिक और पारिवारिक दबाव रहता है जो लैंगिक समानता में बाधा के रुप में सबसे बड़े मुख्य मुद्दे के रुप में कार्य करता है। महिलाओं पर अपने परिवार, माता-पिता, समाज के द्वारा बहुत अधिक दबाव होता है और उन्हें अपने परिवार के सभी सदस्यों की देखभाल करने के लिए मजबूर किया जाता है। परिवार और समाज का इस तरह का दबाव महिलाओं में कैरियर बनाने की महत्वाकांक्षा को पुरुषों की अपेक्षा कम कर देता है।

एक शोध के अनुसार, महिलाओं की उच्च स्थिति की चर्चा के दौरान ये पाया गया कि वो अपने कार्य की भूमिका के बारे में अपने परिवार और अपने पति के साथ किसी भी प्रकार की चर्चा नहीं करती। वो अपनी श्रेष्ठ स्थिति के बारे में अपनी भावनाओं को व्यक्त करने में खुद को असहज महसूस करती हैं। पूरे एशिया भर में शीर्ष 50 महिला नेताओं के एक सर्वेक्षण के अनुसार, एशिया में नेतृत्व में महिलाओं के उत्थान के लिए तीन मुख्य चुनौतियों का सामना किया जा रहा है, "पारिवारिक जीवन की बाधाएं", "संगठन की ऐसी नीतियाँ और व्यवहार जोकि पुरुषों को महिलाओं से अधिक समर्थन करती हैं" और "सांस्कृतिक बाधाएं"।

महिलाओं का नेतृत्व विभिन्न सामाजिक, सांस्कृतिक और राजनीतिक मानदंडों के द्वारा प्रतिबंधित है जिसे समझने और रोकने की आवश्यकता है। सबसे पहले, समाज के साथ ही राष्ट्र में भी महिलाओं की स्थिति को बदलने के लिए हमें उन सभी सामाजिक असमानताओं को रोकने की आवश्यकता है जो महिलाओं की उपलब्धियों के मार्ग में बाधाएं है। मैं यहाँ उपस्थित अपने सभी साथियों और दोस्तों को इस विषय पर अपने परिवार और समुदाय में महिलाओं की भागदारी के रास्ते में आने वाली बाधाओं को रोकने पर चर्चा करने के लिए प्रेरित करना चाहता/चाहती हूँ ताकि, प्रत्येक क्षेत्र में पुरुषों की तरह महिलाओं के नेतृत्व को भी बढ़ाया जा सके। पुरुषों को भी महिलाओं को सभी सामाजिक और सांस्कृतिक मानदंड़ों में संयुक्त भागीदारी में सलंग्न करने के साथ ही घर, कार्यालय और समुदाय में न्याय संगत माहौल बनाने की आवश्यकता है।

महिला सशक्तिकरण भाग 2

समाज और परिवार में केवल महिलाओं पर ही सुबह जल्दी उठने, घरेलू कामकाज करने, व्रत रखने और पूरे परिवार की भलाई और समृद्धि के लिए पूजा करने का दबाव क्यों डाला जाता है। ये बहुत हास्यपद है कि उन्हें बचपन से ही घर के कार्यों और जिम्मेदारियों को निभाने के लिए प्रोत्साहित किया जाता है, जबकि, पुरुषों की तरह नेतृत्व करने के लिए हत्तोत्साहित किया जाता हैं क्यों?

हम सभी प्रत्येक सवाल का जवाब जानते हैं हालांकि, इस पर सोचना और चर्चा करना नहीं चाहते क्योंकि पुरुष सभी क्षेत्रों में केवल घर की जिम्मेदरियों को छोड़कर महिलाओं पर हमेशा अपना आधिपत्य रखना चाहते हैं। मेरे प्यारे मित्रों, देश के युवा और भविष्य होने के नाते हम (देश की नयी पीढ़ी) जीवन के प्रत्येक क्षेत्र में महिलाओं के साथ कदम से कदम मिलाकर चलने के द्वारा अपने उज्ज्वल भविष्य को सुनिश्चित करना चाहिए। अब तक क्या हुआ है ये सोचना छोड़कर, बल्कि अभी ये जागने का समय है क्योंकि हम सभी पहले ही बहुत देर कर चुके हैं और अब यदि एक पल भी ज्यादा सोते रहे तो हमेशा के लिए पीछे रह जायेंगे।

मेरे प्यारे मित्रों, जैसा कि हमने अपने इतिहास में पढ़ा है कि महिलाओं ने प्राचीन समय से ही बहुत सी सामाजिक चुनौतियों का सामना किया है और उन्हें केवल परिवार और समाज तक ही सीमित रहने के लिए मजबूर किया जाता था। लोग सोचते थे कि महिलाएं केवल रुपये निवेश और परिवार की आर्थिक स्थिति को कमजोर करने का स्रोत हैं, हालांकि वो ये नहीं सोचते कि महिलाएं भी आधी शक्ति हैं जो पुरुषों के साथ मिलकर पूरी शक्ति बन सकती हैं।

महिलाओं को अपने दिल और दिमाग से मजबूत होने के द्वारा खुद को भी सशक्त करने की आवश्यकता है। जिस तरह से वो दैनिक जीवन की चुनौतियों का सामना करती हैं, तो वो उनके सशक्तिकरण और उन्नति को सीमित करने वाली सामाजिक और पारिवारिक कठिनाईयों का भी सामना कर सकती हैं। उन्हें प्रत्येक दिन जीवन की हरेक चुनौती को गले लगाना सीखना होगा। हमारे देश में महिला सशक्तिकरण के खराब प्रदर्शन का कारण लिंग असमानता है।

आंकड़ों के अनुसार, ये देखा गया हैं कि देश के बहुत से भागों में ये लगातार गिरा है और 1000 पुरुषों की तुलना में 850 स्त्रियाँ है। 2013 की वैश्विक मानव विकास रिपोर्ट के अनुसार, हमारा देश पूरे विश्व के 148 देशों के बीच में लैंगिक असमानता सूचकांक में 132वें स्थान पर है। अनुसूचित जाति, जनजाति और अल्पसंख्यक महिलाओं को उच्च जाति की स्त्रियों की तुलना में उच्च स्तर का शोषण, भेदभाव, सीमित रोजगार अवसर मिलते हैं। लैंगिक समानता और महिला सशक्तिकरण दोनों ही विकास और उच्च आर्थिक स्थिति को प्राप्त करने के लिए बदलाव ही महत्वपूर्ण रणनीति है।

अब इन बातों द्वारा यह सवाल उठता है कि, क्या समाज महिलाओं के साथ उचित व्यवहार करता है? तो जवाब है नही। हम संयुक्त राष्ट्र द्वारा तय किये गये 2030 के सतत विकास के लक्ष्य से अभी भी काफी पीछे है।

सदियों से महिलाओं को घरों से निकलने की आजादी नही दी गयी है और सिर्फ उन्हें घर का कार्य करने तक ही सीमित रखा गया। कुछ पिछड़े और प्रगतिशील देशों को छोड़कर हर पिछड़े और प्रगतिशील देश में महिलाओं की हालत ऐसी ही है। ऐसे समाजों में महिलाओं को पुरुषों के तरह आजादी प्राप्त नही होती है, जिसके कारण उनका जीवन कारावास की तरह बन जाता है। उन्हें छोटे स्तर पर भी कोई पारिवारिक फैसला लेने की आजादी नही होती है क्योंकि उन्हें हमेशा ही पुरुषों से कमतर समझा जाता है। वहीं दूसरे तरफ कुछ विकसित देशों में यह चीज बिल्कुल ही अलग है, वहां समाज में महिलाओं को सामाजिक और आर्थिक दृष्टि से पुरुषों के बराबर ही समझा जाता है।

तो आईये अब महिला सशक्तिकरण के फायदों के विषय में बात करते है, कि आखिर हमें ऐसा क्यों करना चाहिए? आखिर क्यों हम महिलाओं को उनके वर्तमान अवस्था में नही छोड़ सकते, जिससे उनका काफी धीरे-धीरे विकास हो। आज के समय में तरक्की काफी तेजी से तरक्की हो रही है और उम्मीद है कि हम 2030 तक संयुक्त राष्ट्र के सबसे महत्वकांक्षी परियोजना वैश्विक सतत विकास के लक्ष्य को प्राप्त कर लेंगे। लेकिन यह एक काफी बड़ी गलती होगी, यदि हमने महिलाओं के समस्या पर ध्यान नही दिया और महिला सशक्तिकरण का यह कार्य पूरा ना होने पर भविष्य में और भी कई तरह के

संकट पैदा करेगा।

जैसा कि कहा जाता है कि कोई भी महत्वपूर्ण कार्य खुद के घर से ही शुरु होता है, ठीक उसी प्रकार से एक देश तब तक तरक्की नही प्राप्त कर सकता है जब तक वह महिलाओं को समाज में समान व्यवस्था और सम्मान ना उपलब्ध करा पाये और यदि महिलाओं के हितों को नजरअंदाज किया गया तो हम स्वास्थ तथा सफाई, महिला शिक्षा, शिशु मृत्यु दर सामाजिक-आर्थिक तरक्की जैसे विषयों में काफी पीछे छूट जायेंगे।

अब इस विषय को लेकर सबस बड़ा सवाल यह है कि इसे रोकने के लिए क्या किया जा सकता है? प्रत्येक व्यक्ति इसमें अपना सहयोग दे सकता है फिर चाहे वह किसी उंचे पद पर आसीन व्यक्ति हो या फिर सामान्य व्यक्ति, जैसे कि जिस महिला से आप प्रेम करते है या फिर जिन महिलाओं को आप जानते हैं, उन्हें भी अपने बराबर का मानें। आप यह बात सुनिश्चित करें उन्हें भी रोजगार, शिक्षा और समाजिकता में आपकी तरह ही बराबर का हिस्सा मिले। इन कार्यों द्वारा चीजें एक दिन अवश्य ही बदलेंगी, लेकिन इस बदलाव की शुरुआत हमें खुद से करनी होगी।

अब इस विषय पर बात आती है सरकार के सहयोग की, इसके लिए सरकार को नये नीतियों को बनाने की आवश्यकता है ताकि महिलाओं को भी रोजगार और तरक्की के समान अवसर मिल सके। इसके साथ ही सरकार को महिलाओं सामाजिक-अर्थिक और शैक्षिक विकास पर विशेष ध्यान देना चाहिए और महिलाओं के विरुद्ध होने वाले लैंगिग असमानता को को दूर करना चाहिए ताकि उन्हें भी पुरुषों के बराबर भुगतान और रोजगार के अवसर मिल सके।

जैसा कि इस विषय में महात्मा गाँधी द्वारा कहा गया है कि "विश्व में आप जो बदलाव देखना चाहते हैं, उसकी शुरुआत खुद से कीजिए।" इसका मतलब यह है कि सरकार चाहे जितनी भी योजनाएं बना ले पर वास्तविक बदलाव तभी आयेगा, जब हम खुद में बदलाव लायेंगे। जब हम महिलाओं के प्रति अपने विचारों और कार्यशैली में बदलाव लायेंगे तभी महिला सशक्तिकरण के विषय में सार्थक बदलाव देखने को मिलेगा।

गर्ल चाइल्ड डे (24 जनवरी): गर्ल्स के लिए भारत सरकार की प्रमुख योजनायें

किसी भी समाज के विकास का सीधा सम्बन्ध उस समाज की महिलाओं के विकास से जुड़ा होता है | महिलाओं के विकास के बिना व्यक्ति, परिवार और समाज के विकास की कल्पना भी नही की जा सकती है | महिलाओं के विकास के लिए सरकार ने कुछ योजनाओं जैसे बेटी बचाओ बेटी पढ़ाओ, उज्ज्वला योजना, सुकन्या समृद्धि योजना और कस्तूरबा गाँधी बालिका विद्यालय योजना आदि की शुरुआत की है | आइए इन योजनाओं के बारे में विस्तार से जानते हैं |

महिला सशक्तिकरण के लिए बनाई गई योजनाएं निम्न हैं:

1. बेटी बचाओ बेटी पढ़ाओ कार्यक्रम:

I. बालिकाओं के अस्तित्व, संरक्षण और शिक्षा को बढ़ावा देने के उद्देश्य से 22 जनवरी, 2015 को पानीपत, हरियाणा में इस कार्यक्रम की शुरूआत की गई थी|

II. इस कार्यक्रम का उद्देश्य लड़कियों के गिरते लिंगानुपात के मुद्दे के प्रति लोगों को जागरूक करना है|

III. इस कार्यक्रम का समग्र लक्ष्य लिंग के आधार पर लड़का और लड़की में होने वाले भेदभाव को रोकने के साथ साथ प्रत्येक बालिका की सुरक्षा, शिक्षा और समाज में स्वीकृति सुनिश्चित करना है|

2. किशोरियों के सशक्तिकरण के लिए राजीव गांधी योजना (सबला)

I. केन्द्र सरकार द्वारा प्रायोजित इस कार्यक्रम की शुरूआत 1 अप्रैल, 2011 को की गई थी|

II. इस कार्यक्रम को 'महिला एवं बाल विकास मंत्रालय' की देख-रेख में चलाया जा रहा है|

III. इस कार्यक्रम के तहत भारत के 200 जिलों से चयनित 11-18 आयु वर्ग की किशोरियों की देखभाल 'समेकित बाल विकास परियोजना' के अंतर्गत की जा रही है| इस कार्यक्रम के तहत लाभार्थियों को 11-15 और 15-18 साल के दो समूहों में विभाजित किया गया है|

IV. इस योजना के तहत प्राप्त होने वाले लाभों को दो समूहों में विभाजित किया गया है: (a).पोषण (11-15 वर्ष तक की लड़कियों को पका हुआ खाना दिया जाता है) (b). गैर पोषण (15-18 वर्ष तक की लड़कियों को आयरन की गोलियां सहित अन्य दवाइयां मिलती हैं)|

3. इंदिरा गांधी मातृत्व सहयोग योजना:

I. यह मातृत्व लाभ कार्यक्रम 28 अक्टूबर, 2010 को शुरू किया गया था|

II. इस कार्यक्रम का मुख्य उद्देश्य 19 साल या उससे अधिक उम्र की गर्भवती और स्तनपान कराने वाली माताओं को पहले दो बच्चों के जन्म तक वित्तीय सहायता प्रदान करना है।

III. इस कार्यक्रम के तहत सरकार द्वारा नवजात शिशु और स्तनपान कराने वाली माताओं की बेहतर देखभाल के लिए दो किस्तों में 6000 रूपये की वित्तीय सहायता प्रदान की जाती है|

IV. यह कार्यक्रम 'महिला एवं बाल विकास मंत्रालय' द्वारा चलाया जा रहा है|

4. कस्तूरबा गाँधी बालिका विद्यालय योजना:

I. इस योजना का शुभारम्भ 2004 में किया गया था |

II. यह योजना वर्ष 2004 से उन सभी पिछड़े क्षेत्रों में क्रियान्वित की जा रही है जहाँ ग्रामीण महिला साक्षरता की दर राष्ट्रीय स्तर से कम हो|

III. इस योजना में केंद्र व राज्य सरकारें क्रमशः 75% और 25% खर्च का योगदान करेंगे |

IV. इस योजना का मुख्य लक्ष्य 75% अनुसूचित जाति/जनजाति/अत्यन्त पिछड़ा वर्ग तथा अल्पसंख्यक समुदाय की बालिकाओं तथा 25% गरीबी रेखा से नीचे वाले परिवार की बच्चियों का दाखिला कराना है |

V. योजना में मुख्य रूप से ऐसी बालिकाओं पर ध्यान देना जो विद्यालय से बाहर हैं तथा जिनकी उम्र 10 वर्ष से ऊपर है।

5. प्रधानमन्त्री उज्ज्वला योजनाः

I. इस योजना की शुरुआत प्रधामंत्री मोदी द्वारा 1 मई 2016 को की गई थी |

II. इस योजना के अंतर्गत गरीब महिलाओं को मुफ्त एलपीजी गैस कनेक्शन मिलेंगे|

III. योजना का मुख्य उद्देश्य महिला सशक्तिकरण को बढ़ावा देना और उनकी सेहत की सुरक्षा करना है।

IV. इस योजना के माध्यम से सरकार ग्रामीण क्षेत्रों में खाना बनाने में इस्तेमाल होने वाले जीवाश्म ईंधन की जगह एलपीजी के उपयोग को बढ़ावा देकर पर्यावरण को स्वच्छ रखने में महिलाओं की भूमिका को बढ़ाना चाहती है |

6. स्वाधार घर योजनाः

I. इस योजना को 2001-02 में शुरू किया गया था |

II. इस योजना को 'महिला एवं बाल विकास मंत्रालय' के माध्यम से चलाया जा रहा है |

III. इस योजना का उद्देश्य वेश्यावृत्ति से मुक्त महिलाओं, रिहा कैदी, विधवाओं, तस्करी से पीड़ित महिलाओं, प्राकृतिक आपदाओं, मानसिक रूप से विकलांग

और बेसहारा महिलाओं के पुनर्वास की व्यवस्था करना है।

IV. इस योजना के अंतर्गत विधवा महिलाओं के भोजन और आश्रय, तलाक शुदा महिलाओं को कानूनी परामर्श, चिकित्सा सुविधाओं और महिलाओं को व्यावसायिक प्रशिक्षण जैसी सुविधाएँ प्रदान की जाती हैं|

V. इस योजना के माध्यम से महिलाओं को अपना जीवन फिर से शुरू करने के लिए शारीरिक और मानसिक मजबूती प्रदान की जाती है ताकि वे अपने पैरों पर खड़ी हो सकें|

भारत में रोजगार और विकास के विभिन्न कार्यक्रमों की सूची

7. महिलाओं के लिए प्रशिक्षण और रोजगार कार्यक्रम

I. इस योजना की शुरुआत 1986-87 में एक केन्द्रीय योजना के रूप में की गयी थी |

II. इस योजना को महिला एवं बाल विकास मंत्रालय के माध्यम से चलाया जा रहा है |

III. योजना का मुख्य उद्येश्य महिलाओं का कौशल विकास कराकर उनको इस लायक बनाना है कि वे स्व-रोजगार या उद्यमी बनने का हुनर प्राप्त कर सकें |

IV. इस योजना का मुख्य लक्ष्य 16 वर्ष या उससे अधिक की लड़कियों/ महिलाओं का कौशल विकास करना है |

V. इस योजना के तहत अनुदान सीधे राज्यों/केंद्र शासित प्रदेशों को न देकर संस्था/संगठन यहाँ तक कि गैर सरकारी संगठन को सीधे ही पहुँचाया जाता है |

भारतीय संस्कृति का प्रतीक महिला सम्मान

समय बदल रहा है, परंपराएं बदल रही हैं, सामाजिक और सांस्कृतिक मूल्य भी बदल रहे हैं। भूमंडलीकरण के प्रभाव से नए दृष्टिकोण और नए मूल्य स्थापित हो रहे हैं, लेकिन महिलाओं की स्थिति में खास बदलाव नहीं आया। लगता है जैसे वे एक ठहरे हुए समय में खड़ी हैं या उनके लिए समय की गति धीमी है।

महिलाओं के प्रति हिंसा के मामले शर्मनाक हैं। लिंगभेद, बाल विवाह, कुपोषण, छेड़छाड़, बलात्कार, यौन शोषण, दहेज, कन्या भ्रूण हत्या, श्रम ज्यादा और मेहनताना कम, परंपरागत व्यवहार मानने के लिए मजबूर करना, देवदासी प्रथा, वेश्यावृत्ति, बेगारी, मारपीट, जातिगत हिंसा, गैर बराबरी, शिक्षा से वंचित रखना, प्रजनन अधिकारों का हनन, बालश्रमिक बच्चियों के साथ यौन हिंसा, संतान न होने, बेटा न होने पर प्रताड़ना जैसे तमाम अमानवीय व्यवहार का महिलाओं को सामना करना पड़ता है। शर्मनाक तो यह है कि पुरुषों का एक बड़ा वर्ग इसे सामान्य व्यवहार मानता है। धर्म और श्रद्धा के कारण जो पहले नहीं देखा गया, उसे आज समझ सकते हैं। महिलाओं के साथ अन्याय का इतिहास देखें तो यह महाभारत और रामायण कालीन युग में भी था।

मनुस्मृति में तो स्त्रियों को मनुष्य ही नहीं माना गया। मसलन- छोटी उम्र में लड़की का विवाह, अनमेल विवाह को प्रतिष्ठा, स्त्रियों को पुरुषों के नियंत्रण रखे जाने, पति को ही गुरु और स्वामी माने जाने जैसे व्यवहार वहां देखे जाते हैं। दुनियाभर में स्त्रियों को पुरुषों के बराबर अधिकारों की बात तो हो रही है, लेकिन हकीकत कुछ और ही है। स्त्रियों को पुरुषों की अपेक्षा कम सुविधाएं और अधिकार मिलते हैं। परिवार के केंद्र में पुरुष होता है और लड़कियों की बचपन से ही उपेक्षा की जाती है और इस कारण वे बचपन से ही कमजोर बना दी जाती हैं। स्त्री मानसिकता भी इस तरह बन जाती है कि मां स्वयं अपनी बेटी का विरोध या उपेक्षा करती है।

महाराष्ट्र की ताराबाई शिंदे ने 1882 में प्रकाशित अपनी पुस्तक 'स्त्री पुरुष तुलना' में स्त्री-पुरुष अधिकारों में अंतर का विरोध किया है। तसलीमा नसरीन ने अपनी किताब 'औरत के हक में' में अनेक अनुभव और संस्मरण लिखे हैं, जो महिलाओं के साथ हिंसा को खुलेआम दर्शाते हैं। 'लड़कियां झाड़ पर नहीं चढ़ सकतीं, क्योंकि समाज में यह मान्यता है कि ऐसा होने पर हरे वृक्ष सूख जाते हैं।' असल में हिम्मत वाली लड़की ही पेड़ पर चढ़ सकती है। इस तरह डराकर और विरोध करके उसकी हिम्मत को तोड़ा जाता है। क्योंकि झाड़ पर चढ़ने वाली स्त्री के डर से पुरुष की हिम्मत सिहर जाती है।

बालविवाह का विरोध करने पर 'भंवरी देवी कांड' हुआ। जयपुर की बस्ती तहसील की साथिन भंवरी का केस बहुत चर्चित रहा है। 22 सितंबर 1992 को उसके साथ सामूहिक बलात्कार किया गया। यह साबित होने के बाद भी जयपुर के जिला एवं सत्र न्यायाधीश ने बलात्कार को झूठा साबित करते हुए कहा कि 'उच्च जाति के लोग, निम्न जाति की महिला के साथ बलात्कार नहीं करते।' इससे एक बात साबित होती है कि पुरुष एक सामान्य आदमी हो या जज, प्रफेसर और मंत्री, महिलाओं को लेकर कई बार वह एक ही तरह से सोच रहा होता है।

1975 से 85 के दशक को अंतरराष्ट्रीय महिला दशक घोषित किया गया। महिला अधिकारों को विश्वव्यापी रूप में महत्व दिया गया। 1979 में 'संयुक्त राष्ट्र संघ' की महासभा ने कानून बनाया और महिलाओं के विरुद्ध सभी प्रकार के भेदभाव को समाप्त करते हुए अंतरराष्ट्रीय समझौते को स्वीकार कर लिया।

भारत ने अन्य देशों के साथ 1993 में इसकी औपचारिक पुष्टि कर दी और स्वयं को महिलाओं को हानि पहुंचाने वाले सभी प्रकार के भेदभावों को समाप्त करने के लिए संकल्पित जाहिर किया। इसके बाद भी हमारे देश में महिलाओं के साथ हिंसा की जाती रही है।

'मथुरा बलात्कार केस' के दौरान बलात्कार की घटना घटती है। मगर सुप्रीम कोर्ट ने फैसला बदल दिया। इसे मथुरा की रजामंदी मान लिया गया। इस फैसले के विरुद्ध वकीलों के पत्रों की प्रतिक्रिया में कार्रवाई हुई। तब 1983 में बलात्कार कानूनों में संशोधन किया गया।

दहेज प्रताड़ना की ओर महिला आंदोलनकारियों का ध्यान गया, तब देखा गया कि स्टोव का फटना, घर में किसी का न होना जैसी घटनाएं समान रूप से होती हैं। लड़की के ससुराल वाले सबूत मिटा देते थे। रिपोर्ट लड़की के मायके वाले ही करते थे। लड़की मरते दम तक जलाने वाले को दोष न देकर, दुर्घटना या आत्महत्या बताती थी। दहेज के लिए महिलाओं को जिंदा जला देना, हिंसा का जघन्य प्रकार है। तब सत्तर के दशक में दहेज के विरोध में अभियान शुरू किया गया। 1987 में रूपकंवर का सतीकांड हुआ, जो यथार्थ में रूपकंवर का हत्याकांड था। वह चिता से भाग न पाए, इसलिए उसके चारों तरफ हथियारबंद लोग खड़े थे। इसके बाद राजस्थान में रूपकंवर सती को 'सती परंपरा की देवी' के रूप में पूजा जाने लगा।

इस घटना के बाद महिलाओं के अधिकारों की बात जोर-शोर से उठने लगी। स्त्री के मानवाधिकार, समता, सम्मान सुरक्षा का अधिकार, घरेलू हिंसा का विरोध आदि के अंतर्गत धारा 498 ए बनी। इस कानून की आलोचना हुई और फिर संशोधन हुए। महिलाओं के प्रति हिंसा के मुद्दे को सार्वजनिक रूप से समाज के सामने लाकर चर्चा का विषय बनाया गया। तलाक के बाद मुस्लिम महिला ने भी पति से गुजारा भत्ता की मांग की। 1980 के दसक में 70 वर्षीय मुस्लिम महिला शाहबानो ने तलाक देने वाले पति से गुजारा भत्ता मांगा।

धर्म-निरपेक्ष भारतीय संविधान के कानून के तहत, मुस्लिम स्त्री भी हिंदू स्त्री की तरह गुजारा भत्ता पाने की हकदार बनी, लेकिन बाद में नया कानून बनाया गया कि मुस्लिम रीति से विवाह के बाद तलाक होने पर मुस्लिम स्त्री गुजारा भत्ता पाने की मांग पति की इच्छा के खिलाफ नहीं कर सकती। तलाकशुदा स्त्रियों की दुर्दशा आर्थिक अभाव में अधिक होती है।

शाहबानो मामले के बाद कुछ बदलाव जरूर आए, लेकिन 2008 में महाराष्ट्र के भंडारा जिले का 'खैरलांजी हत्याकांड' और 16 दिसंबर 2012 को मेडिकल स्टूडेंट दामिनी के साथ दिल्ली में चलती बस में सामूहिक बलात्कार जैसे मामलों ने दुनियाभर में हमें शर्मसार किया। यह अच्छी बात है कि अब स्त्री-पुरुष गैरबराबरी के खिलाफ बात हो रही है, लेकिन यह भी सच है कि यह महिलाओं

की लड़ाई है और उन्हें ही लड़नी है।

महिलाओं को मजबूत करने के लिए यह योजनाएं चला रही सरकार

केंद्र सरकार समय-समय पर महिलाओं के समग्र विकास के लिए तरह-तरह की योजनाएं लाती रही है. इसी का परिणाम है कि आज समाज में महिलाओं की भूमिकाओं में कई तरह के बदलाव देखने को मिल रही है. आज शायद ही कोई ऐसा क्षेत्र होगा, जहां महिलाओं ने अपनी उपस्थिति दर्ज न कराई हो. तो आइए महिला दिवस (8 मार्च) के अवसर पर जानते हैं केंद्र सरकार की उन योजनाओं के बारे में, जिनका लाभ उठाकर महिलाएं दिन-ब-दिन सशक्त बन रही हैं.

- प्रधानमंत्री उज्ज्वला योजना भारत सरकार के पेट्रोलियम एवं प्राकृतिक गैस मंत्रालय द्वारा चलाई जा रही इस योजना का शुभारंभ 1 मई 2016 को प्रधानमंत्री नरेंद्र मोदी ने किया था. स्वच्छ ईंधन, बेहतर जीवन के नारे के साथ शुरू की गई यह योजना एक धुंआरहित ग्रामीण भारत की परिकल्पना करती है और वर्ष 2019 तक 5 करोड़ परिवारों, विशेषकर गरीबी रेखा से नीचे रह रही महिलाओं को रियायती दर पर एलपीजी कनेक्शन उपलब्ध कराने का लक्ष्य रखती है. इस योजना से महिलाओं में स्वास्थ्य संबंधी विकार, वायु प्रदूषण एवं वनों की कटाई को कम करने में मदद मिलेगी.

- बेटी बचाओ बेटी पढ़ाओ योजना देश की बेटियों का भविष्य उज्जवल बनाने के लिए 22 जनवरी 2015 को प्रधानमंत्री नरेंद्र मोदी ने इस योजना को शुरू किया था. इस योजना का मुख्य उद्देश्य पक्षपाती लिंग चुनाव की प्रक्रिया का उन्मूलन करना, बालिकाओं का अस्तित्व और सुरक्षा सुनिश्चित करना, बालिकाओं की शिक्षा सुनिश्चित करना, बालिकाओं को शोषण से बचाना, शिक्षा के माध्यम से लड़कियों को सामाजिक और वित्तीय रूप से स्वतंत्र बनाना है. शिक्षा के साथ–साथ बेटियों को अन्य क्षेत्रों में आगे बढ़ाने एवं उनकी भागीदारी को सुनिश्चित करना इस योजना का मुख्य लक्ष्य है.

- सुकन्या समृद्धि योजना सुकन्या समृद्धि योजना को 22 जनवरी 2015 को प्रधानमंत्री नरेंद्र मोदी द्वारा आरंभ किया गया है. वे सभी माता-पिता, जो अपनी बेटी की पढ़ाई और शादी के लिए पैसे जमा करना चाहते हैं, इस योजना का लाभ उठा सकते हैं. इस योजना के तहत खाता खोलने के लिए न्यूनतम राशि 250 रुपए तथा अधिकतम राशि 1.5 लाख रुपए है. इस योजना के अंतर्गत बेटी के माता-पिता को बेटी का बैंक अकाउंट किसी राष्ट्रीय बैंक या

फिर नजदीकी पोस्ट ऑफिस में खुलवाना होता हो. यह बैंक अकाउंट बेटी के जन्म से 10 वर्ष की आयु तक खुलवाया जा सकता है. इस योजना के अंतर्गत बेटी के 14 वर्ष होने तक माता-पिता को धनराशि जमा करनी होगी. बेटी के 18 वर्ष के होने के बाद इस धनराशि का 50 फीसदी निकाला जा सकता है और बेटी के 21 वर्ष पूरा होने के बाद पूरी धनराशि निकाली जा सकती है.

- **सुरक्षित मातृत्व आश्वासन सुमन योजना** प्रसव के समय गर्भवती महिलाओं और नवजात शिशुओं की सुरक्षा को देखते हुए सुरक्षित मातृत्व आश्वासन योजना शुरू की गई है. इसके तहत गर्भवती महिलाओ को प्रसव के 6 महीने बाद और बीमार नवजात शिशुओं को निशुल्क स्वास्थ्य सुविधाओं का लाभ दिया जाता है. इस योजना के अंतर्गत अस्पतालों या प्रशिक्षित नर्स की निगरानी में प्रसव सुनिश्चित किया जाता है. प्रसव के समय होने वाला सारा खर्च सरकार द्वारा उठाया जाएगा और प्रसव के बाद 6 महीने तक मां और बच्चे को निशुल्क दवाइयां भी उपलब्ध कराई जाएगी. इस योजना के तहत गर्भवती महिलाओं को सुरक्षित मातृत्व की गारंटी दी जाती है.
- **फ्री सिलाई मशीन योजना** इस योजना का लाभ देश के शहरी और ग्रामीण, दोनों क्षेत्रों की आर्थिक रूप से कमजोर महिलाओं को दिया जाता है. इसके अंतर्गत केंद्र सरकार द्वारा हर राज्य में 50000 के अधिक महिलाओं को निशुल्क सिलाई मशीन प्रदान की जाएगी. इस योजना के जरिये महिलाएं फ्री सिलाई मशीन प्राप्त कर अपना और अपने परिवार का भरण पोषण कर सकती हैं. इस योजना का लाभ 20 से 40 वर्ष की आयु की महिलाएं ही उठा सकती हैं.
- **समर्थ योजना** केंद्र सरकार की इस योजना के तहत जरूरतमंद महिलाओं को अलग-अलग प्रकार के वस्त्र उत्पादन के गुर और उससे जुड़े कार्यों के बारे में सिखाया जा रहा है. चूंकि वस्त्र क्षेत्र में काम करने वालों में 75 फीसदी महिलाएं हैं. इसी को ध्यान में रखते हुए इस योजना के अंतर्गत महिलाओं पर फोकस किया गया है. इस योजना के अंतर्गत भारत की वैश्विक बाजार में वस्त्र क्षेत्र में हिस्सेदारी भी बढ़ेगी आने वाले समय में वस्त्र उद्योग में बड़ी संख्या में कामगारों की आवश्यकता पड़ेगी.
- **सपोर्ट टू ट्रेनिंग एंड एम्प्लॉयमेंट प्रोग्राम फॉर वूमेन (स्टेप)** –स्टेप योजना के अंतर्गत महिलाओं के कौशल को निखारने का कार्य किया जाता है ताकि उन्हें भी रोजगार मिल सके या फिर वह स्वंय का रोजगार शुरु कर सके। इस कार्यक्रम के अंतर्गत कई सारे क्षेत्रों के कार्य जैसे कि कृषि, बागवानी, हथकरघा,

सिलाई और मछली पालन आदि के विषयों में महिलाओं को शिक्षित किया जाता है।

- **महिला शक्ति केंद्र** –यह योजना समुदायिक भागीदारी के माध्यम से ग्रामीण महिलाओं को सशक्त बनाने पर केंद्रित है। इसके अंतर्गत छात्रों और पेशेवर व्यक्तियों जैसे सामुदायिक स्वयंसेवक ग्रामीण महिलाओं को उनके अधिकारों और कल्याणकारी योजनाओं के बारे में जानकारी प्रदान करते है।
- **पंचायाती राज योजनाओं में महिलाओं के लिए आरक्षण** –2009 में भारत के केंद्रीय मंत्रिमंडल ने पंचायती राज संस्थानों में 50 फीसदी महिला आरक्षण की घोषणा की, सरकार के इस कार्य के द्वारा ग्रामीण क्षेत्रों में महिलाओं के सामाजिक स्तर को सुधारने का प्रयास किया गया। जिसके द्वारा बिहार, झारखंड, उड़ीसा और आंध्र प्रदेश के साथ ही दूसरे अन्य प्रदेशों में भी भारी मात्रा में महिलाएँ ग्राम पंचायत अध्यक्ष चुनी गई।

संसद द्वारा महिला सशक्तिकरण के लिए पास किए कुछ अधिनियम

कानूनी अधिकार के साथ महिलाओं को सशक्त बनाने के लिए संसद द्वारा भी कुछ अधिनियम पास किए गए हैं। वे अधिनियम निम्नलिखित हैं –

(i) अनैतिक व्यापार (रोकथाम) अधिनियम 1956

(ii) दहेज रोक अधिनियम 1961

(iii) एक बराबर पारिश्रमिक एक्ट 1976

(iv) मेडिकल टर्म्नेशन ऑफ प्रेग्नेंसी एक्ट 1987

(v) लिंग परीक्षण तकनीक एक्ट 1994

(vi) बाल विवाह रोकथाम एक्ट 2006

(vii) कार्यस्थल पर महिलाओं का यौन शोषण एक्ट 2013

महिलाओं की राष्ट्र निर्माण में भूमिका –

बदलते समय के साथ आधुनिक युग की नारी पढ़-लिख कर स्वतंत्र है। वह अपने अधिकारों के प्रति सजग है तथा स्वयं अपना निर्णय लेती हैं। अब वह चारदीवारी से बाहर निकलकर देश के लिए विशेष महत्वपूर्ण कार्य करती है। महिलाएँ हमारे देश की आबादी का लगभग आधा हिस्सा हैं। इसी वजह से राष्ट्र के विकास के महान काम में महिलाओं की भूमिका और योगदान को पूरी तरह और सही परिप्रेक्ष्य में रखकर ही राष्ट्र निर्माण के लक्ष्य को हासिल किया जा सकता है।

भारत में भी ऐसी महिलाओं की कमी नहीं है, जिन्होंने समाज में बदलाव और महिला सम्मान के लिए अपने अन्दर के डर को अपने ऊपर हावी नहीं होने

दिया। ऐसी ही एक मिसाल बनी सहारनपुर की अतिया साबरी। अतिया पहली ऐसी मुस्लिम महिला हैं, जिन्होंने तीन तलाक के खिलाफ अपनी आवाज को बुलंद किया।

तेजाब पीड़ितों के खिलाफ इंसाफ की लड़ाई लड़ने वाली वर्षा जवलगेकर के भी कदम रोकने की नाकाम कोशिश की गई, लेकिन उन्होंने इंसाफ की लड़ाई लड़ना नहीं छोड़ा। हमारे देश में ऐसे कई उदहारण है जो महिला सशक्तिकरण का पर्याय बन रही है।

आज देश में नारी शक्ति को सभी दृष्टि से सशक्त बनाने के प्रयास किए जा रहे हैं। इसका परिणाम भी देखने को मिल रहा है। आज देश की महिलाएँ जागरूक हो चुकी हैं। आज की महिला ने उस सोच को बदल दिया है कि वह घर और परिवार की ही जिम्मदारी को बेहतर निभा सकती है।

आज की महिला पुरुषों के साथ कंधे से कन्धा मिला कर बड़े से बड़े कार्य क्षेत्र में अपना महत्वपूर्ण योगदान दे रहीं हैं। फिर चाहे काम मजदूरी का हो या अंतरिक्ष में जाने का। महिलाएँ अपनी योग्यता हर क्षेत्र में साबित कर रही हैं।

महिला सशक्तिकरण के लाभ –

महिला सशक्तिकरण के बिना देश व समाज में नारी को वह स्थान नहीं मिल सकता, जिसकी वह हमेशा से हकदार रही है। महिला सशक्तिकरण के बिना वह सदियों पुरानी परम्पराओं और दुष्टताओं से लोहा नहीं ले सकती। बन्धनों से मुक्त होकर अपने निर्णय खुद नहीं ले सकती। स्त्री सशक्तिकरण के अभाव में वह इस योग्य नहीं बन सकती कि स्वयं अपनी निजी स्वतंत्रता और अपने फैसलों पर आधिकार पा सके।

महिला सशक्तिकरण के कारण महिलाओं की जिंदगी में बहुत से बदलाव हुए।

(i) महिलाओं ने हर कार्य में बढ़-चढ़ कर हिस्सा लेना शुरू किया है।

(ii) महिलाएँ अपनी जिंदगी से जुड़े फैसले खुद कर रही हैं।

(iii) महिलाएँ अपने हक के लिए लड़ने लगी हैं और धीरे धीरे आत्मनिर्भर बनती जा रही हैं।

(iv) पुरुष भी अब महिलाओं को समझने लगे हैं, उनके हक भी उन्हें दे रहें हैं।

(v) पुरुष अब महिलाओं के फैसलों की इज्जत करने लगे हैं। कहा भी जाता है कि – हक माँगने से नही मिलता छीनना पड़ता है और औरतों ने अपने हक अपनी काबिलियत से और एक जुट होकर मर्दों से हासिल कर लिए हैं।

महिला अधिकारों और समानता का अवसर पाने में महिला सशक्तिकरण ही अहम भूमिका निभा सकती है। क्योंकि स्त्री सशक्तिकरण महिलाओं को सिर्फ

गुजारे-भत्ते के लिए ही तैयार नहीं करती, बल्कि उन्हें अपने अंदर नारी चेतना को जगाने और सामाजिक अत्याचारों से मुक्ति पाने का माहौल भी तैयारी करती है।

अंतिम

जिस तरह से भारत आज दुनिया के सबसे तेज आर्थिक तरक्की प्राप्त करने वाले देशों में शुमार हुआ है, उसे देखते हुए निकट भविष्य में भारत को महिला सशक्तिकरण के लक्ष्य को प्राप्त करने पर भी ध्यान केंद्रित करने की आवश्यकता है। भारतीय समाज में सच में महिला सशक्तिकरण लाने के लिए महिलाओं के विरुद्ध बुरी प्रथाओं के मुख्य कारणों को समझना और उन्हें हटाना होगा जो समाज की पितृसत्तामक और पुरुष युक्त व्यवस्था है। यह बहुत आवश्यक है कि हम महिलाओं के विरुद्ध अपनी पुरानी सोच को बदलें और संवैधानिक तथा कानूनी प्रावधानों में भी बदलाव लाए।

- भले ही आज के समाज में कई भारतीय महिलाएँ राष्ट्रपति, प्रधानमंत्री, प्रशासनिक अधिकारी, डॉक्टर, वकील आदि बन चुकी हो, लेकिन फिर भी काफी सारी महिलाओं को आज भी सहयोग और सहायता की आवश्यकता है। उन्हें शिक्षा, और आजादीपूर्वक कार्य करने, सुरक्षित यात्रा, सुरक्षित कार्य और सामाजिक आजादी में अभी भी और सहयोग की आवश्यकता है। महिला सशक्तिकरण का यह कार्य काफी महत्वपूर्ण है क्योंकि भारत की सामाजिक-आर्थिक प्रगति उसके महिलाओं के सामाजिक-आर्थिक प्रगति पर ही निर्भर करती है।
- महिला सशक्तिकरण महिलाओं को वह मजबूती प्रदान करता है, जो उन्हें उनके हक के लिए लड़ने में मदद करता है। हम सभी को महिलाओं का सम्मान करना चाहिए, उन्हें आगे बढ़ने का मौका देना चाहिए। इक्कीसवीं सदी नारी जीवन में सुखद सम्भावनाओं की सदी है। महिलाएँ अब हर क्षेत्र में आगे आने लगी हैं। आज की नारी अब जाग्रत और सक्रीय हो चुकी है। किसी ने बहुत अच्छी बात कही है "नारी जब अपने ऊपर थोपी हुई बेड़ियों एवं कड़ियों को तोड़ने लगेगी, तो विश्व की कोई शक्ति उसे नहीं रोक पाएगी।" वर्तमान में नारी ने रुढ़िवादी बेड़ियों को तोड़ना शुरू कर दिया है। यह एक सुखद संकेत है। लोगों की सोच बदल रही है, फिर भी इस दिशा में और भी प्रयास करने की आवश्यकता है।

स्त्री के आजाद होने और दिखने का फर्क

धीरे-धीरे ही सही, पर असहजता पूर्वक पुरुष भी यह स्वीकारते हैं कि पितृसत्तात्मक समाज ने महिलाओं को लगभग उन सभी जरूरी आवश्यकताओं या कहें कि जरूरी परिवेश से वंचित रखा था जो उन्हें बेहतरी, ज्ञान और समानता के अवसर दिला सकते थे... आज महिला सशक्त दिखती है। मेरा सवाल इसी "दिखने" से है... क्या वाकई आपको लगता है की उतने बड़े स्वरूप में स्त्री अधिकारों या उनके पैरोकार पुरुषों ने ज़रा भी लचीला रुख अख्तियार किया है... सारे विमर्शों, बहसों की बीच कहीं मात्र यह सिर्फ लगने या दिखने का मामला है या फिर व्यावहारिक जीवन में भी कुछ सहजता आई है? स्त्री के आजाद दिखने और आजाद होने में बहुत फर्क होता है।

तमाम तरह की बंदिशों से, वर्जनाओं से, परम्पराओं की जकड़ से खुद को आजाद महसूस करना एक अलग ही अहसास है जिसे पाना बहुत मुश्किल है। इसलिए मुश्किल है क्योंकि हमारे समाज में स्त्री की जेंडर ट्रेनिंग इतनी मजबूत होती है कि एक स्तर से अधिक आजाद होने में स्त्री भी असहज महसूस करने लगती है। ज्यादातर तो यह आजादी दिखने मात्र की आजादी है। इस दिखने में बहुत सतहीपन है। खुलकर जीने के लिए सुरक्षित, सहज, मुक्त और बराबरी का माहौल पाने के लिए स्त्री को अपनी बहुत सी उर्जा लगानी होती है। पितृसत्तात्मक समाज इसका भरपूर प्रतिरोध करता है। वैसे भी हमारे समाज में स्त्री की गुलामी के जितने स्तर हैं उतनी ही तरह की आजादियाँ भी गढ़ ली गई हैं।

किसी स्त्री के लिए दो वक्त का भोजन जुटा पाना ही आजादी है तो किसी दूसरी स्त्री के लिए यौनिकता की दैहिक स्वतंत्रता आजादी है। विकास के अलग-अलग सोपानों वाले समाजों में स्त्री के अधिकारों और आजादी की लड़ाई का मतलब अलग-अलग होने के कारण ही शायद आजादी का असली मायना अभी तक गढ़ा नहीं जा सका है। स्त्री की आजादी के सवालों पर होने वाली सारी बहसें आखिरकार या तो किताबी जंग बनकर रह जाती हैं या फिर कभी-कभार किसी आंदोलन की शक्ल ले लेती हैं। लेकिन एक आम स्त्री न बहसों से फायदा पा सकती है न ही आंदोलनों से। उसके लिए व्यावहारिक जीवन में पुरुषों की मुट्ठी में बंद दुनिया में अपने लिए साँस लेने लायक जगह बनाने का मुद्दा ज्यादा जरूरी होता है।

मुझे लगता है हमारी शुरूआती शिक्षा में जेंडर ट्रेनिंग के कुछ सबक शामिल किए जाएँ। और पारिवारिक वातावरण बच्चों को आपसी उदारता और तालमेल तथा सम्मान से जीने की ट्रेनिंग लायक माहौल दे सके तो स्त्री के लिए बेहतर समाज की कल्पना की जा सकती है। दिखने की आजादी तो एक भुलावा है, आजादी जब तक महसूस न की जा सके तब तक उसका होना एक वहम भर ही होता है। स्त्री की आजादी के पैरोकार पुरुषों को भी इस आजादी के लिए अपने भीतर के ट्रेण्ड मर्द से लगातार लड़ना होगा, वरना स्त्री की आजादी का मतलब हमेशा से पुरुष का अपने अधिकारों का कुछ हिस्सा खो देना होता है। विमर्श के स्तर पर औरत की आजादी का पैरोकार आदमी निजी जीवन में भी स्वस्थ मन व मंशा से स्त्री की अस्मिता और आजादी का सम्मान करता हो, यह कम ही पाया जाता है।

www.ingramcontent.com/pod-product-compliance
Lightning Source LLC
LaVergne TN
LVHW041639070526
838199LV00052B/3456